Djoher Amhis-Ouksel

DAR SBITAR

Une lecture de *La Grande maison* de Mohammed DIB

Empreintes
CASBAH Editions
Villa n° 6, lot. Saïd Hamdine, Hydra, 16012, Alger.

Note de l'éditeur

La collection « Empreintes » s'adresse, en priorité, à nos jeunes lecteurs et, particulièrement, aux élèves des collèges et lycées. Elle vise, par une présentation volontairement simplifiée de morceaux choisis et de thèmes dominants, à mettre à leur portée des textes marquants de la littérature algérienne. Ils pourront, ainsi, aller vers une découverte plus ample des œuvres et des auteurs et apprécier l'extraordinaire richesse culturelle et documentaire de ce patrimoine.

Déjà paru dans la même collection

— « Taâssast », une lecture de *La Colline oubliée* de Mouloud Mammeri.

Dessin couverture : Noureddine Hiahemzizou

ISBN : 9961- 64 - 556 - 1
Dépôt légal : 1073 - 2006

PRÉSENTATION

C'est dans la langue de l'occupant que la plupart des pionniers de la littérature algérienne s'étaient donné la mission de porter à la connaissance et à la conscience du monde la situation dramatique dans laquelle se débattait leur peuple.

C'est dans cette langue qu'ils avaient résolu de clamer haut la détresse d'une Algérie délibérément maintenue dans le mutisme en dépit des voix de plus en plus nombreuses, de plus en plus fortes qui, sur d'autres champs, s'élevaient pour stigmatiser et dénoncer un système d'exploitation inique et revendiquer le droit à la liberté.

Et cette langue, ils se devaient d'en faire usage avec une maîtrise propre à y investir la puissance émotionnelle et la ferme détermination sur lesquelles sont bâtis les réquisitoires bien plus que les plaidoyers.

Cette langue, Mohammed Dib a su la modeler en arme efficace, lui faire atteindre ce niveau d'expressivité qui met la littérature en mesure de revendiquer une juste place dans le combat libérateur.

Si bien que lorsqu'a paru La Grande maison, *l'Algérien des années 50 y a reconnu non seulement une œuvre artistique de qualité, éprouvant, par là même cette fierté de savoir que l'auteur en était un compatriote, mais aussi l'expression de la volonté de renaissance d'un peuple à qui l'on s'est acharné à confisquer jusqu'à son identité. En effet, c'est l'Algérie qui s'exprime, dans la profondeur de ses soucis et de ses malheurs, dans sa différence, dans son exigence d'exister et d'être reconnue. Les personnages de* La Grande maison *sont représentatifs de millions d'Algériens. La misère à laquelle était confrontée la majorité d'entre eux, dans ce microcosme qu'est* Dar Sbitar *était le lot commun de tous ces damnés de la terre qui ont alimenté le remarquable ouvrage de Frantz Fanon.*

Ce roman qui rendait compte de la vitalité du peuple algérien et de son refus des conditions qu'il subissait du fait du colonialisme – traduites et translatées dans les mots et les maux de tous les jours qui composent une sémantique propre à frapper le cœur des hommes – a été reçu, en son temps, ainsi que l'ont été les ouvrages de Yacine, Feraoun, Mammeri et tant d'autres, comme un événement littéraire mais, davantage encore, comme un acte politique courageux en raison du péril que faisaient courir à l'époque à leurs auteurs des écrits de cette nature.

La Grande maison *reste, aujourd'hui, outre un texte majeur, marqué par un souci du détail, une connaissance des hommes et des lieux confirmant l'enracinement profond de l'auteur dans la société qu'il met en scène, un document qui tient dans la bibliographie historique de notre pays un espace amplement mérité.*

C'est la raison pour laquelle il est indispensable qu'il soit désigné à nos enfants comme une des œuvres marquantes devant figurer dans la liste des ouvrages fondamentaux qu'ils doivent avoir lus. Car le lien entre les générations est un élément essentiel du processus de formation et de consolidation de la personnalité.

Sous le titre de Dar Sbitar, *lieu symbolique dans lequel évoluent les personnages de* La Grande maison, *le travail que propose ici Madame Ambis-Ouksel est celui d'une lectrice attentive, mais également d'une pédagogue avertie. Volontairement simplifié dans sa démarche et sa formulation, il n'a d'autre finalité que d'inviter le jeune lecteur à entreprendre sa propre exploration d'un texte d'une extraordinaire richesse. Par ce petit ouvrage, l'auteure s'est appliquée non pas à orienter mais plutôt à accompagner le lecteur dans la découverte d'un grand roman.*

Mouloud ACHOUR

Ecoutez pleurer en vous-mêmes
Les histoires du temps passé
Le grain terrible qu'elles sèment
Mûrit de poème en poème
Les révoltes recommencées.

Aragon : *Le Fou d'Elsa*

MOHAMMED DIB
Une œuvre, un peuple, une époque

Mohammed Dib appartient à la lignée des écrivains algériens qui s'inscrivent dans l'histoire de leur pays. Son œuvre, aussi riche que diverse, est la marque d'un grand, comme Kateb Yacine, Mouloud Mammeri, Mouloud Feraoun, Jean Amrouche, Tahar Djaout... et tant d'autres.

La rencontre avec cet écrivain est toujours une source d'enrichissement.

Mohammed Dib est né le 21 juillet 1920, à Tlemcen, dans une famille modeste. Son père, artisan, mourut lorsque l'auteur avait onze ans.

Il suit des études à Tlemcen, puis à Oujda. Très tôt confronté aux difficultés de la vie, il sera, tour à tour, fabricant de tapis, comptable, instituteur.

A dix-neuf ans, il enseigne à Zoudj Bghal, petite agglomération à la frontière algéro-marocaine.

Pendant la Seconde guerre mondiale, il n'est pas mobilisé ; il travaille au service du génie et des chemins de fer algériens.

En 1943-1944, il est interprète auprès des armées alliées, à Alger.

En 1947, il dessine des maquettes et contrôle des tapis à exemplaire unique.

En 1950-1951, il est reporter au journal *Alger républicain* avec Kateb Yacine : période difficile et dangereuse. Il se retirera du journal à la suite de difficultés avec la direction et le bureau politique du Parti communiste algérien...

En 1948, il côtoie de nombreux écrivains connus : Jean Cayrol, Brice Parain, Henri Calet, Albert Camus.

Dib écrit des poèmes depuis 1946 mais il porte en lui un projet de roman. En 1948, *La Grande maison*, premier volume de la trilogie intitulée *Algérie* est achevé, mais il n'envoie le manuscrit à l'éditeur qu'en 1951.

1951 est également l'année de son mariage.

L'Incendie paraît en 1954, l'année du déclenchement de la guerre de libération.

Inquiété par la police coloniale, Dib part pour la France et s'installe dans sa belle famille à Mougins, dans les Alpes maritimes. Pendant son séjour dans le midi de la France, il publie quatre ouvrages.

Il s'installe définitivement avec sa famille - il a quatre enfants - à la Celle Saint Cloud, dans la banlieue parisienne.

Inscrite dans le temps historique, l'œuvre de Dib évolue cependant. Ecrivain, il se doit de témoigner sur la **réalité** algérienne.

Il donne une voix au peuple, le donne à voir et le fait exister dans sa dignité. Les paysans, les artisans, les femmes, les militants retrouvent une identité dans le contexte colonial.

Reprenant sa liberté d'écrivain, après la guerre de libération, il inscrit son œuvre dans la création, dans une nouvelle écriture, sous une forme allégorique, onirique, fantastique.

L'œuvre de Dib se lit à plusieurs niveaux :

Littéraire

Dib composait de la poésie avant de s'investir dans le romanesque. La poésie traverse toute l'œuvre de Dib.

Sociologique

Son œuvre constitue un document enrichi par une expérience personnelle de la vie dure et laborieuse du petit peuple. Toutes les couches sociales apparaissent à travers un regard lucide et vrai.

Politique

Avant l'indépendance, Mohammed Dib dénonce l'exploitation, l'injustice sociale et, en même temps, met l'accent sur la prise de conscience. Le questionnement d'Omar, sa quête, son désir de comprendre s'inscrivent dans la démarche qui éveillera le peuple et le gagnera à la lutte.

Dib croit en l'homme, mais il voit que les choses ne changent pas beaucoup. L'Algérie porteuse d'espoir n'est pas encore née : Dib, algérien de cœur, souffre devant tant de malheurs qui frappent son pays.

Mohammed Dib est mort le 5 mai 2003. Il a été enterré en France. Il laisse une œuvre aussi riche que variée : romans, nouvelles, poèmes, pièces de théâtre. La liste qui suit donne une idée de cette diversité.

ROMANS

1952 - *La Grande maison*. Le Seuil, premier tome de la trilogie *(La Grande maison, L'Incendie, Le Métier à tisser)*.
1954 - *L'Incendie*. Le Seuil, réédition corrigée en 1959, 1967, 1989
1957 - *Le Métier à tisser*. Le Seuil, réédition corrigée en 1974, 1988.
1959 - *Un Eté africain*. Le Seuil, réédition corrigée en 1998.
1962 - *Qui se souvient de la mer ?* Le Seuil, édition revue et corrigée en 1990.
1964 - *Cours sur la rive sauvage*. Le Seuil.
1968 - *La Danse du roi*. Le Seuil, réédition corrigée en 1978.
1970 - *Dieu en Barbarie*. Le Seuil.
1973 - *Le Maître de chasse*. Le Seuil, réédition, version définitive en 1997.
1977 - *Habel*. Le Seuil.
1985 - *Les Terrasses d'Orsol* 1985, réédition revue et corrigée. Sindbad 1990.
1989 - *Le Sommeil d'Eve*. Sindbad.
1990 - *Neiges de marbre*. Sindbad.
1992 - *Le Désert sans détours*. Sindbad.
1994 - *L'Infante maure*. Albin Michel.
1994/1996 – *L'Aube Ismaël* 1999.
1996 - *Tassili*.
1998 - *Si Diable veut*. Albin Michel.
1999 - *L'arbre à dires* 1999.

2001 - *Comme un bruit d'abeilles.*
2003 - *Simorgh.* Paris . Albin Michel.

RECUEILS DE NOUVELLES

1984 - *Au café* : Gallimard – Sindbad 1984, réédition Actes Sud, Labor (Bruxelles), Lemeac (Québec) 1996.
1996 - *La Nuit sauvage.* Albin Michel.
1996 - *Le Talisman.* Le Seuil 1996, Actes Sud, Labor (Bruxelles), Leméac (Québec)1997.

RECUEILS DE POEMES

1961 - *Ombre gardienne.* Gallimard. Nouvelle édition augmentée d'inédits. Sindbad 1984.
1970 - *Formulaires.* Le seuil.
1975 - *Omnéros.* Le Seuil.
1979 - *Feu, Beau feu.* Le Seuil.
1987 - *O vive.* Sindbad.
1998 - *L'enfant jazz.*
2000 - *Le Cœur insulaire,* Paris – La Différence – Réédition 2002. Marsa, Alger.

THEATRE

1980 - *Mille hourras pour une gueuse,* Le Seuil.

POUR LES ENFANTS

1959 - *Baba Fekrane* : Contes d'Algérie. La Farandole.

1974 - *Histoire du chat qui boude.* La Farandole : 1974/1980/1992.

OUVRAGES ILLUSTRÉS

1994 - *Tlemcen ou les lieux de l'écriture* (photographies). Revue noire.

1997 - Préface à *La Kabylie* de Tahar Djaout et Ali Marok Paris. Méditerranée -Diwan Alger.

L'œuvre de Mohammed Dib a été couronnée par plusieurs distinctions prestigieuses. Ainsi, il a reçu en

1952, le prix Fénelon pour *La Grande maison,*

1961, le prix René Laporte pour *Ombre Gardienne,*

1963, le prix de l'Unanimité,

1964, Le prix du Collège poétique de Menton,

1966, le prix de l'Union des écrivains algériens,

1988, le prix Mallarmé,

1994, le grand prix de la francophonie, décerné par l'Académie française.

AU FIL DES CHAPITRES

Ecrit et publié pendant la colonisation *La Grande maison* est un roman qui donne voix et présence à tout un peuple. L'Algérie est nommée et décrite dans un quotidien extrêmement dur.

Le personnage central, un gamin prénommé Omar, fait preuve d'une intelligence précoce et d'une grande lucidité. Les conditions précaires de sa vie et de celle de tous les Algériens suscitent en lui un grand nombre de réflexions et, surtout, de questions. Pourquoi la faim ? Pourquoi la misère ?

Un militant, Hamid Saraj, père spirituel, initie Omar à l'histoire de son pays et fournit des réponses à son questionnement.

Ainsi Omar, perpétuellement en quête, prend conscience de la réalité historique de son pays. Son itinéraire constitue un apprentissage, prélude à sa vie d'adulte.

Pour des commodités de lecture, on adoptera l'organisation suivante :

1ère partie : 7 chapitres
2ème partie : 2 chapitres
3ème partie : 6 chapitres
4ème partie : 6 chapitres
5ème partie : 3 chapitres

PREMIÈRE PARTIE

CHAPITRE I

Une cour d'école, pendant la récréation

Dès ce premier chapitre, on voit apparaître le personnage principal, Omar

> «que ses dix ans plaçaient entre les gaillards du cours supérieur, dont la moustache noircissait, et les morveux du cours préparatoire. Les grands, pour se venger, s'attaquaient à lui, mais n'obtenaient rien, Omar n'apportait jamais de pain » *(p. 9).*

Omar a faim et tous les moyens lui sont bons pour se procurer du pain : violence, menus travaux.

> « Yamina priait souvent Omar de lui faire de petites commissions. Il lui achetait du charbon, remplissait son seau d'eau à la fontaine, lui portait le pain au four. » *(p. 9).*

CHAPITRE II

Une violente réaction

Ce chapitre est particulièrement court. Il décrit une scène d'une extrême violence. Omar rentre à la maison, à l'heure du déjeuner. Il a faim. Aïni est en train d'éplucher des cardons.

« Soudain, elle lança le couteau de cuisine avec lequel elle tailladait les cardons. L'enfant hurla, il le retira de son pied sans s'arrêter et se précipita dehors, le couteau à la main, suivi par les imprécations de Aïni. » *(p. 12).*

CHAPITRE III

Les écoliers

On retrouve à l'école les différences sociales : Driss Bel Khodja est un enfant qui appartient à la classe aisée; il mange à sa faim.

« ... un garçon bête et fier, qui n'exhibait à chaque récréation pas seulement du pain, ce qui était déjà beaucoup, mais encore des gâteaux et des confiseries. » *(p. 14).*

Omar le méprise. Sa seule préoccupation est de retrouver son ami Veste de Kaki. Il est très inquiet,

« mais à l'instant où il refermait la porte, la silhouette grêle de l'enfant traversait au trot la cour de l'école. » *(p. 17).*

CHAPITRE IV

La leçon de morale

En classe, Omar assiste à une leçon de morale ayant pour thème la patrie. Il a l'intuition du mensonge :

« La France, un dessin en plusieurs couleurs. Comment ce pays si lointain est-il sa mère ? Sa mère est à la maison.

C'est Aïni ; il n'en a pas deux. Aïni n'est pas la France. Rien de commun. Omar venait de surprendre un mensonge.

Patrie ou pas patrie, la France n'était pas sa mère. » *(p. 20).*

De même, pour les rédactions : « Décrivez une veillée au coin du feu. » Le contenu proposé est loin de la réalité de l'enfant. Le monde décrit n'est pas le sien :

« Ainsi la maison de campagne où vous passez vos vacances... Ainsi, le laboureur... Ainsi la cuisine... Ainsi Noël... Ainsi les gâteaux de l'Aïd Seghir, le mouton qu'on égorge à l'Aïd El Kébir... Ainsi la vie ! » *(p. 21).*

CHAPITRE V

Les enfants de Rhiba

Dans les rues de la ville, les enfants sont livrés à eux-mêmes. Des bagarres éclatent entre les clans rivaux.

« De ces enfants anonymes et frileux comme Omar, on en croisait partout dans les rues, gambadant nu-pieds. Leurs lèvres étaient noires. Ils avaient des membres d'araignées, des yeux allumés par la fièvre. Beaucoup mendiaient farouchement devant les portes et sur les places. Les maisons de Tlemcen en étaient pleines à craquer, pleines aussi de leurs rumeurs. » *(p. 28).*

CHAPITRE VI

Une vie de misère

Nous sommes en février. Le froid est intense. Les conditions de vie sont de plus en plus difficiles.

Aïni fait le bilan de sa vie. Trop de charges l'accablent : ses enfants, sa mère malade. Elle laisse éclater sa colère :

« Voilà tout ce que nous a laissé ton père, ce propre à rien : la misère ! explosa-t-elle. Il a caché son visage dans la terre et tous les malheurs sont retombés sur moi. Mon lot a été le malheur. Toute ma vie. » *(p. 30).*

CHAPITRE VII

Omar en détresse

Omar n'a pu supporter le comportement de sa mère à l'égard de sa grand-mère. Il se précipite dehors et erre désespérément dans les rues, mourant de faim et de froid.

« L'image de grand-mère étalée sur le carreau de la cuisine, incapable de bouger, avec des lueurs d'épouvante dans les yeux, lui revint à l'esprit. Etait-elle encore vivante ? Sa mère l'avait-elle frappée ? Il eut l'impression que tout s'écroulait autour de lui. De nouveau, il voulut cesser de vivre. Il pleura doucement. » *(p. 37).*

N'en pouvant plus, Omar finit par réintégrer la maison.

« Aïni l'entraîna par le bras... Ils n'avaient pas parcouru le vestibule qu'Omar s'écroula. » *(p. 38).*

Cette première partie met en évidence les conditions difficiles dans lesquelles vivent Omar et sa famille.

Le livre s'ouvre sur la saison hivernale. Cela n'est pas fortuit. L'hiver est une saison difficile pour les pauvres gens.

Omar est un témoin « privilégié » de scènes très dures. Son enfance n'est pas heureuse. Il a faim, il a froid. Sa

mère épuisée ne peut lui manifester la tendresse dont il a besoin.

Omar est orphelin de père.

DEUXIÈME PARTIE

CHAPITRE 1

Une perquisition

Mars vint. Le deuxième dimanche de ce mois fut un jour mémorable pour Dar Sbitar.

Une descente de police sème la panique à Dar Sbitar. Omar a peur. Dans cette atmosphère d'angoisse s'élève le chant de Menoune. Après le départ des policiers, le vieux Ben Sari crie sa révolte :

> « Je ne veux pas me soumettre à la Justice, clamait-il. Ce qu'ils appellent la justice n'est que leur justice. Elle est faite uniquement pour les protéger, pour garantir leur pouvoir sur nous, pour nous réduire et nous mater. » *(p. 52).*

CHAPITRE 2

La faim déjouée

Dans ce deuxième chapitre sont décrites avec force détails les conditions précaires dans lesquelles se débattent les habitants de Dar Sbitar.

Les femmes se livrent à des commentaires sur l'incident de la descente de police et les difficultés des ouvriers qui sont exploités. La 2ème partie du chapitre est consacrée à un personnage qui occupe une place importante dans le roman : Hamid Saraj.

Les femmes portent un regard admiratif sur cet homme *«qui serait en possession d'une force inconnue.»*

Un été chaud

> « Dans l'atmosphère chargée d'angoisse, de ressentiment, de misère, Dar Sbitar subit un instant d'égarement. »

C'est l'heure de la sieste. Il fait une chaleur torride. Les voisins se plaignent du bruit que produit la machine à coudre de Aïni :

> « Seule Aïni ne bougeait pas. Clouée devant sa machine à coudre, elle piquait des empeignes qui s'échappaient de son aiguille en chapelets... Son corps suivait le rythme de la mécanique... Aïni, malgré la précision des gestes, agissait comme en dormant. » *(p. 100).*

Des querelles éclatent. L'intervention de la propriétaire ne fait qu'aggraver les choses. Cette promiscuité au quotidien génère la violence. A la fin du chapitre, on apprend que Hamid Saraj a été arrêté avec « plusieurs fellahs. »

Cette deuxième partie consacrée à la vie à Dar Sbitar, lieu clos, lieu éminemment féminin, où la promiscuité engendre la violence, est très dense. Elle installe le lecteur dans le temps historique. Les Algériens qui se battaient pour une cause juste étaient appelés les « coupeurs de routes ». Pour nous, c'étaient les glorieux combattants de la révolution algérienne. Hamid Saraj, le militant est présenté comme un personnage énigmatique, détenteur

d'un savoir et d'un pouvoir dont on ignore encore la nature.

TROISIÈME PARTIE

CHAPITRE I

La vie à Dar Sbitar

Nous pénétrons à l'intérieur de Dar Sbitar. La maison s'éveille : une vie quotidienne faite de misère, de promiscuité, de grisaille. Cris, discussions, disputes font de ce lieu clos un lieu de relations conflictuelles, souvent violentes.

> «Aïni et ses enfants logeaient comme tout le monde ici, les uns sur les autres. Dar Sbitar était pleine comme une ruche. La famille avait déménagé de maison en maison, plusieurs fois ; c'était toujours dans une demeure comme celle-là qu'ils échouaient, et dans une seule pièce.» *(p. 72).*

Omar découvre avec inquiétude l'amitié de Zhor. Cette dernière l'invite à passer quelques jours à Béni Boublen.

CHAPITRE II

La découverte de l'amour

Dans l'agitation de Dar Sbitar, va naître un amour printanier qui fera oublier la tristesse de la vie. Omar s'achemine vers l'adolescence. Ses sens s'éveillent à l'amour.

« Omar se retrouvait souvent en tête à tête avec Zhor et chaque fois, il découvrait cet univers de l'affection qui l'inquiétait. Aussi n'en parlait-il à personne. Bien sûr, c'était extraordinaire, à Dar Sbitar. Aussi ce sentiment prenait-il chez l'enfant un caractère clandestin » *(p. 81).*

Les deux chapitres forment une unité : c'est toujours la vie à Dar Sbitar. La cour commune et le puits sont les lieux de rencontre, à défaut de source et de fontaine.

CHAPITRE III

La visite de tante Hasna

Tante Hasna appartient à une catégorie sociale aisée. Sa visite dans la famille de Omar est toujours un événement. Elle se montre cependant indifférente à la misère de Aini. Elle se contente de lui faire la morale et n'envisage même pas l'idée qu'Omar puisse vouloir s'instruire.

« Renonce à tes idées, dit Lalla avec humeur. Il te faudra travailler comme une bête si tu veux seulement vivre... Qu'est-ce que tu te crois pour prétendre à l'instruction ? Un pou qui veut s'élever au-dessus de sa condition. » *(p. 87).*

CHAPITRE IV

Les projets de Aïni

Aïni annonce à sa sœur qu'elle se rendra à Oujda pour se livrer à la contrebande. Malgré les conseils de prudence de tante Hasna, Aïni ne renonce pas à son projet :

« Va, prononça finalement Lalla. Et n'ouvre pas le bec ici. N'en fais part à personne. Dieu t'aidera et te protègera : tu nourris des orphelins. » *(p. 90).*

On apprend le mariage de la fille de tante Hasna. Aïni – sans avoir été consultée – est préposée à la surveillance de la nourriture.

« Lalla... avait peur des fuites. Elle désirait qu'Aïni se chargeât de compter les morceaux de viande, de surveiller les maritornes préposées à la cuisson et les pique-assiettes qui organiseraient des incursions dans la cuisine. » *(p. 94).*

CHAPITRE V

La conversation de tante Hasna

La visite de tante Hasna se prolonge. Elle est reçue avec beaucoup d'égards. L'auteur met en évidence les traits qui distinguent cette parente aisée de la pauvre Aïni :

« Quoiqu'elle aimât économiser sur tout, Lalla était de ces personnes qui mangent tous les jours. Se rassasier chaque jour que Dieu fait, lui conférait de la respectabilité. » *(p. 95).*

QUATRIÈME PARTIE

CHAPITRE I

La faim toujours

Deux idées maîtresses parcourent cette partie : Omar

« s'abandonnait à l'insouciance » et « il avait apprivoisé sa faim ». *(p. 112).*

« Aïni avait eu tant de malheurs dans sa vie, une misère qui durait depuis tant d'années que ses nerfs s'étaient usés dans la lutte quotidienne ».

Les enfants ont toujours faim :

« Ils demandèrent à manger. Aïni paraissait écrasée. Tous ensemble alors ils l'implorèrent : elle se leva, distribua de vieux morceaux de pain, avec une moitié de concombre, une pincée de sel ». *(p. 112).*

Omar, dans un demi-sommeil, surprend une conversation entre sa mère et Zina, la mère de Zhor. Le ton mystérieux aiguise sa curiosité. Le gamin s'endort. Son rêve reproduit la réalité, faite de violence et de cris.

CHAPITRE II

Le questionnement d'Omar

« Omar avait fini par confondre Dar Sbitar avec une prison : mais qu'avait-il besoin d'aller chercher si loin ? La liberté n'était-elle pas dans chacun de ses actes ? »

Ce chapitre est entièrement consacré à Omar. Il cherche à comprendre ; il se livre à tout un questionnement mais, hélas personne ne peut lui expliquer. Pourquoi tant de misère ? Une véritable obsession.

CHAPITRE III

Paroles de militant

Omar assiste à un meeting paysan. Il est fasciné par le discours de Hamid Saraj. Il a enfin une réponse à sa question. L'exploitation coloniale est la source de leur misère :

« Il faut en finir avec cette misère... Les ouvriers agricoles sont les premières victimes visées par l'exploitation qui sévit dans notre pays ». *(p. 120).*

CHAPITRE IV

Omar se révolte

La chaleur, la faim, l'insomnie créent une atmosphère d'angoisse. Aïni maintient son projet d'aller à Oujda, faire de la contrebande. C'est son ultime recours pour améliorer les conditions de vie de sa famille. Omar tremble d'inquiétude à cette idée :

« Devait-il lui communiquer ses appréhensions ? Devait-il tenter de la détourner de son projet ? Hélas, il savait qu'il se tairait et dissimulerait son trouble... » *(p. 129).*

CHAPITRE V

Des ouvrières exploitées

Malgré tous ses efforts, Aïni n'arrive pas à faire vivre décemment sa famille.

« Le samedi après midi, Omar l'accompagnait chez Gonzales, l'Espagnol. Un homme-bedaine, ce Gonzales ! Ses joues, aussi grosses que ses fesses, lui bouffaient le visage.

Ce jour-là, il faisait le compte des femmes qui travaillaient pour lui, et il les payait. » *(p. 131).*

Les conditions socio-économiques sont dures et le chômage sévit partout. Cette situation est mise à profit par ceux qui s'enrichissent en exploitant ceux qui travaillent pour eux. L'idée d'exploitation est mise en évidence dans la relation entre Aïni et le fabricant d'espadrilles.

CHAPITRE VI

Maltraitance

Omar ne supporte pas le spectacle déchirant de la déchéance de sa grand-mère ainsi que les mauvais traitements que lui fait subir Aïni. Il est terrifié.

> « Cette terreur, Omar la voyait. Elle se répercutait en lui, qui était là, dressé sur sa couche, les pieds repliés sous lui. Et il pensa : « Certainement, c'est la peur de la grand-mère ». Il comprenait à distance qu'elle avait peur. Peur d'être seule dans la cuisine, isolée avec son mal. » *(p. 140).*

L'environnement dans lequel vit Omar, les difficultés qu'il observe autour de lui lui font peu à peu prendre conscience de la dure réalité à laquelle font face les petites gens. Malgré son jeune âge, il cherche à comprendre la cause profonde de tant de misère et de violence.

CINQUIÈME PARTIE

CHAPITRE I

Une nourriture providentielle

C'est un jour faste à Dar Sbitar. Un cousin éloigné de Aïni a apporté un panier plein de victuailles. La joie est indescriptible. Pouvoir enfin manger à sa faim ! Tout Dar Sbitar participe à l'évènement :

> « ...Ce caquetage devint général. On parlait du panier qu'Aïni avait reçu. Aïni, triomphante, s'efforçait de réprimer son orgueil, mais c'était plus fort qu'elle : elle éclatait sur toute sa personne. » *(p.161).*

CHAPITRE II

Une vie difficile

La détresse, la misère, la perspective de la mort font l'essentiel de ce long chapitre.

Toute la famille est groupée autour de la grand-mère comme si son agonie était proche. La visite de Mansouria, la petite cousine, ses réflexions sur la vie, la mort, le destin, accentuent cette atmosphère de tristesse. :

> « Et, de fil en aiguille, je me disais : Pourquoi n'aurions-nous pas, nous aussi notre part de bonheur. Et si on pouvait seulement manger. Ce serait notre bonheur ? Si ce n'est que cela, le bonheur, pourquoi ne pourrait-on pas manger un peu ? » *(p. 171).*

CHAPITRE III

La déclaration de guerre

Nous sommes en 1939, « *un après midi de septembre* ». Le tocsin annonce la déclaration de guerre entre la France et l'Allemagne. C'est un moment d'émotion générale. La panique gagne les habitants de Tlemcen. C'est aussi l'annonce de grands bouleversements dans la vie des Algériens.

> « Curieusement, il (Omar) eut la sensation d'avoir soudain grandi depuis que les cris de la sirène avaient retenti. Tout en se sachant encore un enfant, il comprenait ce que c'était que d'être un homme ». *(p. 188- 189)*.

Le roman s'achève sur l'annonce d'une tragédie : la guerre. Cet évènement, sa perception par les Algériens laissent pressentir que rien ne sera plus comme avant. Hitler est perçu comme un sauveur qui affaiblira la puissance coloniale : Omar a soudain le sentiment d'avoir grandi :

> « Omar rouvrait les yeux vers son horizon d'enfant. Il ne lui venait plus à l'esprit de se retourner vers cet avenir enveloppé d'une obscurité qu'aucune force ne pénétrait ». *(p. 189)*.

DAR SBITAR

Le titre *La Grande maison* constitue une antiphrase. La grande maison est en fait un espace clos, avec une cour intérieure, où s'entassent de nombreux locataires

« qu'un souci majeur d'économie dominait. » *(p.71).*

Elle correspond à l'organisation sociale traditionnelle mais aussi à l'organisation du monde colonial : espace public/espace privé, espace européen/espace indigène.

Lorsque les hommes se rendent au travail ou au café, la grande maison devient un espace de liberté éminemment féminin. La vie collective y est difficile (toilettes communes, un seul puits). Pas d'intimité : souvent un simple rideau remplace la porte séparant l'espace public de l'espace privé.

Par son architecture, c'est un espace protégé :

« Elle (la bâtisse) s'enfonçait plus bas que la chaussée, et, faisant un coude qui préservait les femmes de la vue des passants, débouchait ensuite dans une cour à l'antique dont le centre était occupé par un bassin. » *(p. 71).*

Entre fiction et réalité, on peut se demander si ce lieu a existé. D'après Jean Dejeux, cette maison s'appelait Dar Sbitar parce qu'elle aurait servi d'hôpital pendant la guerre de 1914-18. Mohammed Dib a-t-il fait partie du monde qu'il décrit ? Il s'en explique : « J'ai connu le monde de *la Grande maison* sans avoir moi-même partagé son existence, mais ma grand-mère a longtemps vécu dans une maison semblable et aussi d'autres parents à moi et des personnages de mon entourage. J'avais souvent l'occasion d'aller dans une de ces maisons, qui existe toujours, telle que je l'ai mise dans La Grande maison. » (1)

---

1. Interview de Dib par Lia Lacombe, *Les Lettres françaises*, 7 février 1963

LA MISERE

Le roman est traversé par une seule préoccupation : Comment survivre ? La faim est omniprésente.

Nous sommes en 1939, au temps de la colonisation. Les fellahs ont été dépossédés de leur terre et sont réduits à travailler dans les domaines des colons pour des salaires de misère. Les femmes se livrent à de menus travaux. Aïni coud des empeignes d'espadrilles pour le compte de Gonzales, un Espagnol qui l'exploite :

> « Depuis plusieurs mois qu'Aïni cousait ces empeignes d'espadrilles, ils n'avaient pas mangé une seule fois à leur faim. » *(p. 130)*.

Elle s'épuise à toujours chercher du travail :

> « Elle avait cardé et filé de la laine. Ensuite, elle se mit à faire des arraguiats. Puis des feutres moulés à la main... Elle avait eu indéniablement beaucoup de métiers. Pourtant elle ne gagnait jamais de quoi suffire. » *(p. 131)*.

Les deux filles de Aïni travaillaient depuis peu (deux mois) dans une manufacture de tapis. (p. 151)

La vie quotidienne est précaire. Omar participe à sa manière, en ramassant dans les détritus du marché

« des herbes, des légumes avariés. ». « Omar lui, rentrait la mort dans l'âme de ces fouilles qu'il faisait dans les tas de balayures du marché couvert. »... « Il revenait avec une immense rancœur. » *(p. 152)*.

La misère sévissait partout :

« Il n' y avait pas beaucoup de travail dans la ville et tout le monde avait faim. » *(p. 136)*.

Dans le premier chapitre, dix-sept fois il est question de manger, de pain, de miches, de croûtons, de quignon. Survivre à n'importe quel prix :

« Beaucoup mendiaient farouchement devant les portes et sur les places. » *(p. 28)*.

Aïni résume en une phrase l'état de détresse permanente :

«Nous passons notre temps à tromper la faim... la faim déjouée. » *(p. 57)*.

Comment ? Aïni doit souvent user de subterfuges pour faire patienter ses enfants affamés :

« Une soupe de pâtes hachées et de légumes... rien de plus...Pas de pain. »... « Les autres jours, où ils savaient qu'il n'y avait rien à manger, sans demander d'explication, ils s'allongeaient sur une couverture, une peau de mouton, par terre ou à même le dallage et observaient un silence obstiné. Le moment du repas, ils feignaient de l'ignorer. Parfois Mériem pleurait un peu...Jadis Aïni parvenait à les calmer avec un stratagème... Le soir, elle faisait chauffer la marmite et la laissait bouillir, un assoupissement invincible les terrassait fondant du plomb sur leurs paupières » *(p. 56)*.

Beaucoup de familles vivaient dans la même précarité. Zoulikha, la voisine de Aïni souffrait aussi de la faim.

« ... (Elle) prenait une poignée de haricots secs qu'elle semait à toute volée dans la chambre. Se jetant sur le sol, les marmots les cherchaient et dès qu'ils découvraient un des grains blancs éparpillés, ils se mettaient à les grignoter. Les petits se calmaient et la mère avait la paix pour un moment. » *(p. 56)*.

Exploitation, chômage, misère, faim chronique telle est la situation décrite par Mohammed Dib en 1939. Victimes du système de domination coloniale, les Algériens vivaient dans une extrême pauvreté. Aucune autre perspective que d'assurer le minimum vital pour survivre.

Ajoutons à cela les conditions d'habitat : promiscuité, vie collective difficile, aucun confort. Le froid, la chaleur, les punaises accentuent cet état de dénuement. On imagine ce microcosme grouillant que la faim taraude, on comprend cette violence verbale permanente, ces psychodrames – exutoires qui permettent d'évacuer les conséquences de la mal-vie.

Dar Sbitar abrite le petit peuple colleté aux dures réalités de la vie quotidienne. Cette mal-vie déshumanise les êtres et leur seul refuge demeure le fatalisme, « le destin ».

Cependant, Omar, lui, se pose des questions :

« Mais pourquoi sommes-nous pauvres ?. Pourtant c'est ce qu'il fallait savoir. Parfois les uns et les autres décidaient : C'est notre destin. Ou bien : Dieu sait. Mais est-ce une explication cela ?... » *(p. 117)*.

Omar ne comprend pas pourquoi les gens subissent la pauvreté comme une fatalité inéluctable :

« Et personne ne se révolte... Pourtant, c'est simple, c'est simple.» *(p. 118)*.

Les réflexions d'un enfant précoce - porte-parole de l'auteur - sont les signes annonciateurs d'une prise de conscience et d'une révolte qui changeront les conditions de vie des Algériens.

LA GUERRE

Le dernier chapitre ne clôt pas le roman. Bien au contraire il ouvre une perspective importante pour l'Algérie.

L'annonce de la guerre par le tocsin, « *un après midi de septembre* » va provoquer des réactions diverses quant à sa représentation tant par le héros du roman, Omar, que par les habitants de Tlemcen. Des rumeurs avaient précédé cet évènement, des rumeurs incroyables révélatrices du désarroi de tous et surtout de la désinformation. Le dictateur Hitler sera investi d'une puissance redoutable.

> « Celui qui déchaînait cette guerre, disait-on, était un homme puissant. Son emblème, cette croix... L'homme qui portait le nom d'Hitler était tellement fort que nul n'aurait osé se mesurer avec lui. » *(p. 177)*.

A cette admiration, va succéder l'espoir ; l'espoir de vaincre l'ennemi qui dominait l'Algérie.

> « Et cet homme si puissant était l'ami des Musulmans. »

Hitler devient le sauveur des

> « Musulmans qui jouiraient de tout ce qu'ils désireraient, leur bonheur serait grand... » *(p. 177)*.

La réalité sera bien différente. Les Algériens ne se sentent pas concernés par cette guerre mais ils ont la prescience du danger.

« La sirène lâcha son mugissement sauvage. »

Cette nouvelle plonge les habitants de Tlemcen dans un terrible silence.

« Quel vide ! la vie se retirait de Tlemcen dont le grand soleil avait pris possession. Tout d'un coup, comme si la ville ne vivait plus depuis des millénaires, ses larges avenues redevenaient d'immenses voies solitaires et antiques où les bruits s'étaient tus, ses édifices, des temples d'un culte perdu et son vaste silence, la farouche paix de la mort qui étincelait dans l'ardeur du jour. Tlemcen prolongeait son existence dans la pierre... Il semble que le temps s'est figé. » *(p. 179).*

Le danger est perceptible : « *C'est un malheur.* »

Si Salah exhorte au calme :

« Rentrez dans vos demeures. Tout ce qui arrive ne vous concerne pas. »

« Une autre réplique – c'est la guerre pourtant. Ce n'est pas rien... C'est nous qui récolterons les calamités, sur nous tout retombera. » *(p. 182)*

Attyka, dans une crise d'hystérie prophétise le chaos, l'apocalypse, ce qui augmente l'épouvante des gens de Dar Sbitar.

Les vieilles terreurs se réveillent :

« C'est la fin du monde. La fin du monde. » - « Au siècle quatorzième, ne cherche point de salut, est-il dit. » *(p. 180).*

Les conséquences de cette guerre sont prévisibles : la guerre de 1914-1918 n'est pas oubliée. C'est l'époque où Hamid Saraj

« tout jeune encore, âgé de 5 ans avait été emmené en Turquie, lors de la grande émigration qui fit fuir tant de gens de chez nous pendant la guerre de 14, quand l'enrôlement devint obligatoire. » *(p. 62).*

Cette deuxième guerre va engager les Algériens dans un combat qui ne les concerne pas. Ils iront se battre pour le dominant. Les Algériens n'ont pas le choix. Ils seront mobilisés. Certains vont sacrifier leur vie, d'autres seront embauchés dans les usines pour relever l'économie française. La guerre entraîne de profonds bouleversements qui vont transformer les modes de pensée et apporter une réflexion nouvelle :

- La toute-puissance de la France et ses bienfaits civilisationnels seront démystifiées.

- Les Algériens vont prendre conscience que la colonisation n'est pas une fatalité.

- Ils vont découvrir le travail en usine et les luttes revendicatrices.

- Tous ceux qui ont combattu reviendront avec le désir de liberté et une grande prise de conscience.

A la fin de la guerre, les Algériens avaient un espoir fou de voir leurs condition s'améliorer. Mais, hélas les promesses n'ont pas été tenues.

Dans une pièce de théâtre de Kateb Yacine, « La guerre de 2000 ans », l'auteur fait dire à un de ses personnages, le général Lecoq :

« *Vous avez défendu la patrie,*
C'est très bien.
Maintenant nous n'avons plus besoin de vous,
Allez-vous en ! »

L'éveil du nationalisme algérien s'affirme. C'est d'abord le 8 mai 1945 avec la terrible répression qui s'ensuit. Ce sera le déclic qui va engager tout un peuple dans une révolution libératrice. C'est dans le deuxième livre de la trilogie, *L'Incendie*, et grâce à un militant comme Hamid Saraj que le monde rural sera sensibilisé à la lutte politique : « *Un homme ne peut pas être libre si son pays ne l'est pas.* » dira Slimane Meskine, un des personnages de *L'Incendie*.

L'EVEIL D'UNE CONSCIENCE NATIONALE

Pendant les deux guerres mondiales, les Algériens ont pris conscience de la nécessité de libérer leur pays. Ils se structurent et s'organisent.

En 1926, l'Etoile Nord-Africaine (E.N.A) avec Messali Hadj réclame l'indépendance de l'Algérie, mais cette organisation est « dissoute au mois de novembre 1929 par le gouvernement français. »[1]

Cependant, les idées avancent et pénètrent le peuple algérien, notamment le monde rural où l'exploitation est criante.

Hamid Saraj milite en faveur des Algériens spoliés, exploités, méprisés. Il les sensibilise sur leur statut d'exploités et les exhorte à la lutte.

> « Les travailleurs de la terre ne peuvent plus vivre avec les salaires qu'ils touchent. Les ouvriers agricoles sont les premières victimes visées par l'exploitation qui sévit dans notre pays. » *(p. 120)*... Les travailleurs de la terre vont vers de grandes luttes... Des salaires de 8 à 10 francs par jour... Les travailleurs unis sauront arracher cette victoire

---

1. Benjamin Stora : *Algérie, Histoire contemporaine, 1830 - 1988.* Casbah-Editions, 2004. p. 80.

> aux colons et au gouvernement général. Ils sont prêts pour la lutte. » *(p. 119).*
>
> Omar voit en Hamid Saraj un leader, un de « ces hommes dans les paroles desquels nous nous reconnaissons, nous pouvons parler, marcher avec eux. Nous pouvons aller de l'avant avec eux. » *(p. 122).*

Malgré de nombreuses arrestations, Hamid Saraj est fidèle à son idéal : libérer l'Algérie du joug colonial. Il ne craint pas les risques.

Un autre personnage tente timidement d'éveiller la conscience de ses élèves : M.Hassan. Lors d'une leçon sur la patrie, s'adressant à ses élèves en arabe, il leur dit ces mots,

> « d'une voix basse où perçait une violence qui intriguait :
>
> - ça n'est pas vrai, si on vous dit que la France est votre patrie. » *(p. 23).*

L'essentiel est dit mais non explicité pour un enfant comme Omar qui cherche à comprendre. M. Hassan ne va pas jusqu'au bout. C'est un fonctionnaire de l'Etat français. Il est colonisé, mais il refuse de jouer le jeu. Quelques paroles parfois suffisent à réveiller une personne ignorante. Lors de la descente de police et après le départ des forces de l'ordre, Ben Sari clame sa révolte :

> « Je ne veux pas me soumettre à la justice. » *(p. 52).*

Une œuvre comme *La Grande maison* écrite pendant la période coloniale est une preuve d'engagement politique et de courage ; elle met en danger son auteur.

« Chaque mot que tu écris est une balle que tu tires contre toi. », écrira Mohammed Dib.

A L'ÉCOLE COLONIALE

Omar assiste à une leçon de morale et de rédaction. L'enseignement qu'il reçoit met en évidence la stratégie coloniale. Mohammed Dib participe à l'éveil de la conscience nationale.

« La France est notre mère-Patrie, ânonna Brahim. Son ton nasillard était celui que prenait tout élève pendant la lecture. Entendant cela, tous firent claquer leurs doigts, tous voulaient parler maintenant. Sans permission, ils répétèrent à l'envi la même phrase.

Les lèvres serrées, Omar pétrissait une boule de pain dans sa bouche. La France, capitale Paris, il savait ça. Les Français qu'on aperçoit en ville, viennent de ce pays. Pour y aller ou pour en revenir, il faut traverser la mer, prendre le bateau... la mer : la mer Méditerranée. Jamais vu la mer, ni un bateau. Mais il sait : une très grande étendue d'eau salée et une sorte de planche flottante. La France, un dessin en plusieurs couleurs. Comment ce pays si lointain est-il sa mère ? Sa mère est à la maison, c'est Aini ; il n'en a pas deux. Aini n'est pas la France. Rien de commun. Omar venait de surprendre un mensonge. Patrie ou pas patrie, la France n'était pas sa mère. Il apprenait des mensonges pour éviter la fameuse baguette d'olivier. C'était ça les études. Les rédactions : décrivez une veillée au coin du feu... Pour les mettre en train, M. Hassan, leur faisait des lectures, où il était question d'enfants qui se penchent studieusement sur leurs livres. La lampe projette sa clarté sur la table. Papa, enfoncé dans un fauteuil, lit son journal et maman fait de la broderie. Alors Omar était obligé de mentir. Il complétait : le feu qui flambe dans la cheminée, le tic tac de la pendule, la douce atmosphère du foyer pendant qu'il pleut, vente et fait nuit dehors. Ah ! Comme on se sent bien chez soi auprès du feu ! Ainsi : la maison de campagne où vous passez vos vacances. Le lierre grimpe sur la façade ; le ruisseau gazouille dans le pré voisin. L'air est pur, quel bonheur de respirer à pleins poumons ! Ainsi, le laboureur joyeux pousse la charrue en chantant, accompagné par les trilles de l'alouette. Ainsi : la cuisine. Les rangées de casseroles sont si bien astiquées et si reluisantes qu'on peut s'y mirer. Ainsi : Noël. L'arbre de Noël qu'on plante chez soi, les fils d'or et d'argent, les boules multicolores, les jouets qu'on découvre dans ses chaussures. Ainsi, les gâteaux de l'Aïd-Seghir, le mouton qu'on égorge à l'Aïd-Kebir... Ainsi la vie !

Le choix de ces deux leçons est significatif de l'entreprise d'aliénation culturelle et de dépersonnalisation du peuple algérien menée par le colonisateur.

1- La leçon de morale est censée être éducative. Elle enseigne les règles qui permettent de discerner le bien et le mal, la vérité et le mensonge. Elle fait connaître certaines valeurs fondamentales.

- Une leçon ayant pour thème la patrie relève de l'instruction civique mais ici, l'enjeu idéologique apparaît très clairement.

- La leçon de rédaction doit permettre à l'enfant de s'exprimer sur ce qui l'intéresse, le touche de près. On apprend à l'enfant à dire la vérité, à être sincère.

- Omar est dans une classe entièrement composée d'Algériens.

- L'enseignement est en français, dispensé par un maître algérien dit « indigène ».

- Le maître dispense son enseignement sans conviction.

- Les élèves reçoivent cet enseignement dans l'indifférence.

- La communication est faussée dès le départ.

- Le contenu des leçons ne correspond pas à la réalité que vit Omar.

- La langue utilisée est celle du colonisateur.

Comment Omar perçoit-il cet enseignement ?

> « Patrie n'était pas dans la classe »
> « La France est notre mère-patrie »
> « Comment ce pays si lointain est-il sa mère ? »

Le questionnement de Omar démystifie le sens de la leçon. Elle ne l'intéresse pas :

> « Omar en profitait pour mastiquer le pain...les lèvres serrées, Omar pétrissait une petite boule de pain dans sa bouche. »

Omar a conscience d'un enseignement basé sur le mensonge :

> « Omar venait de surprendre un mensonge. »

La leçon s'articule autour d'une question et d'une réponse :

> « Qui d'entre vous sait ce que veut dire patrie ? »
>
> La France est notre mère-patrie ânonna Brahim.
>
> Le Maître demande une définition. Il ne dit pas : « quelle est votre patrie ? »

Omar ne conteste pas ce qu'on lui a appris en géographie :

> « La France, capitale Paris... La mer Méditerranée... La France, un dessin en plusieurs couleurs. »

Il ne se sent pas concerné, c'est loin de sa réalité.

Il refuse l'expression « *la mère-patrie* » : refus affectif d'avoir une autre mère, refus de la parole du maître. C'est un savoir imposé.

> « Il apprenait des mensonges pour éviter la fameuse baguette d'olivier ».

Il se résigne. Le ton est ironique :

> « c'était ça les études.»

2- La leçon de rédaction commence par un énoncé banal :

> « Décrivez une veillée au coin du feu ».

- Un contenu qui accentue le décalage entre la réalité livresque et la réalité vécue.
- C'est un exercice censé développer la créativité mais en fait, un grand nombre de clichés est proposé comme modèle.
- Le texte qui sert de support renvoie l'image d'un mode de vie confortable et d'une vie de bonheur.
- Omar perçoit la différence et il n'est pas dupe.
- Où est la vérité, où est la sincérité ?

Le parallèle entre les deux niveaux de vie met en évidence le discours du dominant qui impose un modèle idéal. Dar Sbitar ne reflète en rien le bonheur de vivre. Omar ne connaît que la violence, il a froid, il a faim et sa mère le rabroue sans cesse. Deux images se superposent dans l'esprit d'Omar :

Une image fausse à laquelle il doit se conformer : celle d'un monde qui lui est étranger.

Une image réelle qui émerge du fond de lui-même, celle de sa culture, de ses traditions, de ses mœurs.

D'où un déséquilibre qui est une première atteinte à sa personnalité d'enfant : respect d'un modèle d'ailleurs, dépossession culturelle, aliénation.

L'intervention de M. Hassan l'étonne. Le maître fait preuve de courage et il leur parle en arabe pour dissiper l'équivoque.

Omar est trop jeune pour conceptualiser.

L'aliénation et la dépersonnalisation font partie de la stratégie coloniale. Dans tout contexte de domination coloniale, il y a d'abord l'affirmation de la supériorité du colonisateur. Celui-ci s'applique à persuader le colonisé qu'il lui apporte la civilisation ; ainsi se développe chez le colonisé le sentiment de son infériorité, de son incapacité. Pour mieux asseoir cette domination, le dominant porte atteinte aux valeurs essentielles du pays, aux traditions, à l'histoire, à la langue. Dépossédé, le colonisé se dévalorise et, paradoxe, en même temps admire le colonisateur qui devient un modèle, « le Modèle ». Le colonisé est ainsi prêt à participer à la stratégie coloniale. Pas d'histoire, pas de pays, pas de culture, le colonisé est atteint dans son intégrité et sa dignité.

Frantz Fanon (voir annexe) dans *Les Damnés de la terre*, Albert Memmi, dans *Le Portrait du colonisé* montrent comment cette stratégie coloniale transforme le comportement de l'autochtone. Le discours colonialiste met en place un langage qui finit par persuader le colonisé de la nécessité de la colonisation. L'école devient un instrument puissant pour asseoir la domination.

LE CHANT DE MENOUNE

Une descente de police à Dar Sbitar sème la panique. Dans cette atmosphère d'angoisse s'élève le chant de Menoune. Cette voix transcende la peur et délivre un message.

Sur la terre, errante
Quand la nuit se brise,
Je porte ma tiédeur
Sur les monts acérés
Et me dévêts à la vue du matin
Comme celle qui s'est levée
Pour honorer la première eau ;

Etrange est mon pays où tant
De souffles se libèrent,
Les oliviers s'agitent
Alentour et moi je chante :
- Terre brûlée et noire,
Mère fraternelle
Ton enfant ne restera pas seule
Avec le temps qui griffe le cœur ;
Entends ma voix

Qui file dans les arbres
Et fait mugir les bœufs
Ce matin d'été est arrivé
Plus bas que le silence
Je me sens comme enceinte,
Mère fraternelle,
Les femmes dans leurs huttes
Attendent mon cri

Pourquoi, me dit-on pourquoi
Vas-tu visiter d'autres seuils
Comme une épouse répudiée ?
Pourquoi erres-tu avec ton cri,
Femme, quand les souffles
De l'aube commencent
A circuler sur les collines

Moi qui parle, Algérie
Peut-être ne suis-je
Que la plus banale de tes femmes
Mais ma voix ne s'arrêtera pas
De héler plaines et montagnes ;

Je descends de l'Aurès,
Ouvrez vos portes
Epouses fraternelles,
Donnez-moi de l'eau fraîche,
Du miel et du pain d'orge
Je suis venue vous voir,
Vous apporter le bonheur,
A vous et vos enfants ;

Que vos petits nouveaux-nés
Grandissent,
Que votre blé pousse,
Que votre pain lève aussi
Et que rien ne vous fasse défaut,
Le bonheur soit avec vous.

Remarques préliminaires

La littérature algérienne après 1962 se démarque des schémas classiques.

Dans un pays de tradition orale, le passage à l'écrit, dans la langue française, a permis l'émergence d'une littérature très originale.

La tradition orale – poèmes, contes, chants – imprègne l'imaginaire collectif. Mohammed Dib, Yamina Mechakra, Nabile Farès et Kateb Yacine intercalent des poèmes, des chants, des légendes, des contes dans l'œuvre romanesque : Est-ce un désir d'exprimer sous une forme lyrique et poétique tout un inconscient collectif et personnel ? Est-ce tout simplement le désir de fixer par l'écrit ce qui risque de disparaître ?

Toute cette littérature dit la liberté, la résistance, la révolte, l'exil, l'espoir dans un contexte socio-historique identique. On y retrouve une symbolique constante : la plupart des écrivains – Mohammed Dib, Yamina Mechakra, Kateb Yacine, Mouloud Mammeri, mettent en évidence l'amour profond de la terre-mère. La terre est porteuse des valeurs ancestrales. La terre est toujours présente :

c'est la mère-Algérie, la mère-fraternelle, source de vie.

Mohammed Dib précise : « Je suis essentiellement poète et c'est de la poésie que je suis venu au roman et non l'inverse. » [1]

Au Maghreb, le chant occupe une place privilégiée. Les femmes chantent pendant leurs activités quotidiennes et dans toutes les circonstances de la vie : naissance, circoncision, mariage, mort, exil, émigration.

Pendant la révolution, le chant s'est inscrit dans la symbolique patriotique, dans la résistance.

Les femmes qui chantent font entendre leur voix. La parole leur donne existence dans une société qui les efface, les nie.

Le chant est une réponse à une angoisse, à une peur, à une solitude, à une douleur, à un épuisement physique.

---

1. Afrique Action, 13 mars 1961

POURQUOI LE POÈME-CHANT DE MENOUNE ?

Circonstances

Au moment de la descente de police à Dar Sbitar, la peur gagne tous les habitants.

Le chant de Menoune qui s'élève aura un rôle important :

- atténuer la tension émotionnelle.
- conjurer la peur.
- répondre à la violence de l'intrusion policière.

Le chant est une preuve de courage et de peur transcendée. Menoune sait qu'elle va mourir et pourtant, son chant est un hymne à la vie, à l'espoir. C'est le sens profond de son message.

Que dit le chant de Menoune ?

- C'est un texte à décoder dans un contexte historique particulier.
- C'est un texte riche en symboles et en métaphores.
- C'est, surtout, le chant d'une femme, une voix féminine qui affirme une présence et marque le

désir de s'inscrire en tant que personne à part entière.

Constamment interfèrent la terre, la mère, la sœur, la femme : Symboliquement, désir d'identité et espoir de libération.

1ère strophe

« *Quand la nuit se brise...* »

Il s'agit de la nuit coloniale. Le verbe connote la violence. A la violence répond l'apparition du soleil, de la lumière. Les esprits s'éveillent : prise de conscience et surtout, espoir d'un changement.

« *Je porte ma tiédeur sur les monts acérés* »

La lumière du soleil transforme le paysage. Les « *monts* » renvoient au refuge des combattants de la révolution.

Le changement est marqué par l'image : « *et me dévêts* ». C'est l'espoir d'un retour à la pureté originelle, avant la nuit coloniale, l'eau symbole de vie, de purification. L'eau a une très grande importance. C'est à l'eau pure du matin que l'on raconte ses rêves, pour exorciser l'angoisse. Dans le roman de Kateb Yacine, Nedjma réintègre la terre originelle après un bain purificateur.

Dans le chant de Menoune, l'Algérie est femme.

2ème strophe

Le rapport mère-Algérie est mis en évidence.

« *Etrange, est mon pays.* » Pourquoi étrange ? Faut-il rapprocher ce mot de étranger. La polysémie est évidente. C'est l'annonce, c'est l'espoir : « *Les souffles se libèrent* », « *Les oliviers s'agitent.* » Le choix de l'olivier est significatif ; l'olivier est symbole de paix revenue, de vie.

« *La mère fraternelle* » : ce rapprochement peut paraître étrange. Cette expression se retrouve dans le lexique maghrébin et amazigh. Elle établit un lien profond entre la terre et ses enfants.

3ème strophe

« *Entends ma voix* »

La voix joue un rôle primordial. Elle est le lien avec la terre maternelle. On peut ici faire un rapprochement avec *Le Grain magique* de Taos Amrouche. Dans ce conte, l'héroïne, une jeune fille, perd le grain magique qui lui permet de rester en contact avec sa mère et bien plus avec son pays d'origine.

Cette perte provoque un renversement dans la situation de la jeune fille et de son esclave.

Le chant est ancré dans la terre.

4ème strophe

« *Ce matin d'été...* » L'image de la femme enceinte porteuse de vie, d'espoir, de délivrance. Le cri de la délivrance est aussi celui de la liberté retrouvée.

5ème et 6ème strophes

Le refrain élargit l'espace

« *Les femmes dans leurs huttes* »

« *Attendent mon cri* »

Suit une série d'interrogations qui mettent l'accent sur le thème de l'errance, celui de l'Algérie exilée qui se cherche : « *visiter d'autres seuils. Erres-tu ? Epouse répudiée* » ; « *Pourquoi, me dit-on, pourquoi ?* »

C'est aussi un cri de ralliement et d'espoir. La nuit, le matin, l'aube, autant de raisons d'espérer la fin de l'errance et le retour à la terre enfin retrouvée.

7ème strophe

« *Moi qui parle, Algérie* »

Le message est sans ambiguïté. C'est la voix du pays, d'un pays qui lutte, qui résiste. « *Ma voix ne s'arrêtera pas de héler plaines et montagnes* ». C'est l'annonce du bonheur, de l'abondance et de la paix retrouvée. L'Algérie accueille ses enfants ou plutôt les enfants réintègrent le giron maternel.

« *Ouvrez vos portes !*» La peur n'existe plus, la sécurité est revenue. L'hospitalité retrouve sa place comme valeur essentielle. Les souhaits sont nombreux, porteurs de promesses d'un avenir de paix et de bonheur. C'est aussi la fin de la misère.

Il émane de ce poème un véritable souffle par la grâce de la poésie et du message qu'il délivre. Le symbole de la mère Algérie est omniprésent. La terre est un refuge, un élément de sécurité. Elle est la mère qui réchauffe, rassure, réconforte, réconcilie. Ce lien au pays est très profond, « viscéral ».

- Le chant de Menoune est riche de significations. Il permet de mieux comprendre toute la révolte, la contestation, la résistance face à l'intrusion policière, symbole de domination.

- Ce chant rassure, réconforte les gens de Dar Sbitar et perturbe les policiers : il est avant tout Résistance.

- Il est promesse d'espoir. « *La terre brûlée et noire* » retrouvera la vie dans la prospérité, l'abondance et la paix.

- Ce chant est prémonition : Menoune pressent sa mort prochaine, mais anticipe l'avenir de l'Algérie et des Algériens.

Cette mélopée qui vient du cœur est éminemment émancipatrice. La mère-Algérie rassure les mères et les épouses. La voix de Menoune est symboliquement la voix de la mère fraternelle, des femmes fabuleuses d'Algérie. L'Algérie est une terre charnelle. Elle souffre, elle enfante, elle réconforte, elle sécurise : elle est là.

L'AMOUR

« Lentement, le printemps arriva. Il libéra les premières feuilles frêles et frémissantes de la vigne dont la ramure emmêlée coiffait la cour. » *(p. 69).*

Dans ce monde de grisaille, de pauvreté et de misère, la vie reprend ses droits.

« Bien sûr, c'était extraordinaire à Dar Sbitar. » (p. 81).

Z'hor, la fille de Zina va initier Omar à l'amour. Mohammed Dib, avec beaucoup de pudeur, exprime les premiers émois des deux jeunes adolescents. En ce sens, il brise un tabou au nom de la liberté de l'écrivain.

« L'enfant se sentait secrètement lié à ce corps de femme à l'abandon. » *(p. 78).*

Après un moment de surprise et d'angoisse, il se laisse aller au bonheur et à la griserie des sensations nouvelles :

« Elle fut toute surprise quand il l'embrassa à son tour et elle se rembrunit. Lentement mais aussi avec force, elle le repoussa et se mit debout. » (p. 78).

Le jeu est terminé. La situation s'est inversée et Z'hor, par peur met fin à ce jeu au début innocent.

Malaise, angoisse, découverte de sensations nouvelles :

« Omar sentit son odeur qui lui plaisait. Quoiqu'elle fît naître en lui une vague envie de vomir qui montait le long de sa gorge et lui chavirait le cœur. » *(p. 79)*.

Dans *la Grande maison*, ce passage constitue un intermède qui fait oublier aux deux adolescents les problèmes de la mal-vie.

« Omar se retrouvait souvent en tête à tête avec Z'hor et chaque fois il découvrait cet univers de l'affection qui l'inquiétait ... L'affection qui liait Omar à Z'hor poussait comme une fleur sur un rocher sauvage. » (p. 81)

Omar découvre le bonheur de l'amitié, lui qui a toujours été malmené par sa mère et par la vie. Z'hor lui apportera équilibre et sérénité. Le temps de l'enfance est révolu.

DAR SBITAR, ESPACE FEMININ

« Omar avait fini par confondre Dar Sbitar avec une prison. »

Parmi toutes les femmes qui cohabitent à Dar Sbitar, quatre attirent l'attention : Aïni, Menoune, Tante Hasna (même si elle n'y est présente que de façon occasionnelle), Mansouria. Quant aux autres, elles sont simplement présentées.

- Yamina,

« une petite femme aux jolis traits, [qui] revenait chaque matin avec un plein couffin... Elle priait souvent Omar de lui faire de petites commissions ... La veuve ne le traitait pas comme un chien... ». C'est une femme généreuse.

- La femme de Si Salah, le propriétaire,

« vieille à figure chafouine, les assaillait de ses cris d'orfraie. »

- Zina est la mère de Zhor.

- Lalla Zohra : Omar l'aimait bien.

« *Son visage portait une expression de douceur.* »

C'est la mère de Menoune.

Zoulikha avec

« ses quatre moutards tenant à peine en équilibre sur leurs pattes molles. Le pain faisait aussi fréquemment défaut chez elle que chez Aïni. »

Comme Aïni, elle se fait violente :

« Que voulez-vous de moi ? criait-elle. Pauvre de moi ! Vous êtes ma honte, où irai—je vous chercher du pain ? »

- Yamina bent Snouci allait à Socq-el-Ghezel vendre ses deux livres de laine filée la veille. Elle a deux filles, Amaria et Saliha Bent Nedjar.

- Khédiouj à peine évoquée faisant le ménage.

- Aïcha « *la vieille Aïcha* . »

- Attyka, « *une pauvre possédée qui lançait ses clameurs.* »

- Fatima est la sœur de Hamid Saraj. Elle a le courage d'affronter les policiers : « *Ne vous donnez pas de mal, leur dit-elle, mon frère n'est pas là.* »

- Menoune, malade, était couchée là depuis que son mari l'avait renvoyée chez sa mère. Sa vieille mère la veillait.

- La grand-mère « *mama* », paralytique, dont « *le visage rayonnait de bonté.* »

- Sennya se distingue par son courage au moment de la descente de police. Elle « *n'a peur de rien* » - « *Par Dieu, j'ouvrirai et on saura bien qui c'est. C'était Sennya qui jurait ainsi, elle n'avait peur de rien, elle faisait toujours ce qu'elle disait.* »

On comprend mieux alors tout ce que cette promiscuité engendre de violence. Toutes ces femmes participent à la vie de Dar Sbitar. Mohammed Dib n'est pas tendre lorsqu'il en parle.

Aïni qui travaille très tard avec sa machine à coudre dérange pendant la nuit. Des querelles éclatent : « *Elles piaulèrent* », on entend « *les glapissements* », c'est « *une ménagerie déchaînée* », « *elles dégoisaient* ». Elles sont réduites à des êtres d'instinct qui laissent libre cours à leur colère. Les injures pleuvent dans une excitation incroyable. Rien ne les arrête.

Toute cette violence verbale agit comme une sorte de catharsis. Dans cette maison-prison, l'image des femmes est vraiment dévalorisée, mais, hélas, elle correspond à une triste réalité.

AINI

« Mon lot a été le malheur. Toute ma vie ! »

La condition de Aïni inspire de la compassion.

Aïni est restée veuve avec quatre enfants :

« deux filles, Aouïcha et Mériem et deux garçons, Djilali et Omar. Deux ans à peine après la disparition du père, elle perdit Djilali, âgé de 8 ans. »

Elle essaie de faire face.

« Elle n'a pas peur de travailler. »

Elle avait eu indéniablement beaucoup de métiers.

« Pourtant elle ne gagne pas de quoi suffire. »

« Elle était devenue anguleuse, toute en gros os. Depuis longtemps, tout ce qui fait le charme d'une femme avait disparu chez elle. Efflanquée, elle avait aussi la voix et le regard durs. » *(p. 131)*.

Zina lui rend hommage :

« Tu es une femme courageuse. Travailleuse. Tu pétris toi-même ton pain, roule ton couscous et lave ton linge. Et tu sues pour faire vivre tes enfants. » *(p. 60)*.

Malgré tout son courage, malgré tous ses efforts, le fruit de son travail n'arrive pas à faire vivre décemment sa famille.

1. Aïni est une victime

- D'un système patriarcal qui fait de la femme un être infériorisé.

- De l'ignorance entretenue par la société de type patriarcal.

- De l'exploitation :

« C'est mon sang que j'use à ce travail. » *(p. 60)*.

- De la vie, de la malchance.

Aïni est un être de souffrance, c'est une femme désespérée.

2. Aïni est une femme responsable, courageuse. Elle n'hésite pas à prendre des risques. Ainsi, elle a décidé de se rendre à Oujda pour faire de la contrebande. C'est son ultime recours pour améliorer les conditions de vie de sa famille.

3. Aïni est perpétuellement en colère. Sa violence est incroyable.

- Violence physique, lorsque d'un mouvement de colère, elle rabroue Omar :

« Soudain, elle lança le couteau de cuisine avec lequel elle tailladait les cardons. L'enfant hurla, il le retira de son pied sans s'arrêter et se précipita dehors, le couteau à la main, suivi par les imprécations de Aïni. » *(p. 12)*.

- Violence verbale, lorsqu'Aïni n'arrive plus à assumer, elle exorcise son malheur par des imprécations, des injures d'une rare violence. Elle s'en prend à tout le monde, même son mari mort n'y échappe pas :

« Il est tranquille dans sa tombe. J'aurais dû vous lâcher dans la rue et finir sur une montagne déserte. ».

Omar est souvent en conflit avec sa mère.

« Omar, reviens si tu ne veux pas que je te coupe en morceaux. » *(p. 42).*

« Gorha »... « Quilla »

A Dar Sbitar, Aïni est la cible de l'animosité de ses voisins. Elle travaille tard le soir et le bruit de sa machine dérange. Des disputes éclatent et c'est à qui lui lancera les plus grosses injures :

- « Toi et tes bâtards ! »
- « Moi, vieux garagouz ? »
- « Tfou, crapaud malfaisant ! »
- « As-tu jamais travaillé une journée de ta vie, femme stérile ! » *(La pire des injures)*
- « Lécheuses d'assiettes. »
- « Tes pareils sont au b... le seul endroit qui te convienne. »
- « Bouche d'égout qui déborde »
- « Je vous siffle les sangs. »

Mais, ce qui est choquant, c'est le comportement de Aïni envers sa mère. On peut l'expliquer certes, mais sa colère s'exprime davantage contre sa famille. La grand-mère malade est une charge très lourde pour Aïni. Lorsqu'elle celle-ci est épuisée, on constate un relâchement moral.

- « Il t'a jetée comme une ordure » *(parlant de son frère)*

- « Puisses-tu étouffer sur ta couche. »

- « Tais-toi, vieille de malheur ! »

- « Ton fils, fils de chien qu'il est ! »

- « Aïni se saisissait de l'ustensile puis empoignait la tête de la grand-mère et lui fourrait l'écuelle sous le nez... Tiens mange ! lui disait-(*elle*) en la secouant sans ménagement... Puisses-tu manger du poison ! »

Ses filles lui reprochent son comportement :

« Pourquoi la traites-tu si mal ? »

Réponse de Aïni :

« Moi, s'exclamait-elle, moi traiter mal ma propre mère ? Quand l'ai-je donc maltraitée ? »

Aïni est à la limite de l'humain et de l'inhumain. La perte du contrôle de soi fait d'elle une femme-cri. Elle n'est pas dénuée de sentiments tant à l'égard de ses enfants (une mère inquiète) que de sa mère (surtout, à la fin de sa vie).

La misère, la faim chronique est à l'origine de cette attitude, comme le dit Josué de Castro : « En annulant les autres forces qui conditionnent le comportement humain, la faim désagrège la personnalité, réduit ou inhibe ses relations normales vis-à-vis de toutes les sollicitations du milieu ambiant qui sont étrangères à la satisfaction de l'instinct de nutrition. ». [1]

---

1. Josué de Castro : *Géopolitique de la faim.*

TANTE HASNA

La visite de tante Hasna, bien qu'habituelle, crée l'évènement. C'est aussi l'occasion pour Omar d'un questionnement et d'un affrontement.

Appartenant à une catégorie aisée, tante Hasna nous renvoie l'image d'une classe sociale, de « *ceux qui mangent tous les jours.* »

Elle tient un discours en accord avec sa condition matérielle.

- Elle est méprisante envers les pauvres et surtout envers Omar : « *Comment pouvez-vous vivre ainsi ?* »

- Elle manque de générosité.

- Elle se contente de faire la morale : « *tu as des enfants, occupe-t-en.* »

Et surtout, elle a une attitude réactionnaire lorsqu'il est question des combattants de la révolution. Ignorance ? Opportunisme ? Absence de vision politique ?

- « Ces hommes font de la politique et troublent l'esprit des gens. » *(p. 84)* – « Et ils veulent défier les Français... Ce sont des imbéciles »

- Même Hamid Saraj ne trouve pas grâce à ses yeux :

« Qu'il cherche du travail, mugit-elle, qu'il prenne femme et fonde un foyer plutôt que de perdre son temps à prêcher des billevesées qui le conduiront en prison. » *(p. 86)*.

C'est l'attitude négative d'une personne qui n'a aucune conscience politique.

Au lieu d'encourager sa sœur, de lui donner un peu d'espoir, elle n'a pour elle que mépris :

« Avec eux (les enfants) tu n'arriveras à rien. »

Omar qu'elle interpelle

« Et celui-là, il s'en tire de son apprentissage ? »

n'est pas épargné.

Elle n'envisage même pas l'idée que le gamin puisse s'instruire

« Ceux qui n'ont pas mis les pieds dans une école meurent de faim ? » Elle lui dénie ce droit : « L'instruction n'est pas pour toi, ver de terre. » *(p. 87)*.

Elle est grossière, insultante pour son neveu.

« Tais-toi graine d'ivrogne. Tu n'es que poussière, ordure qui colle aux semelles des gens de bien. »

Elle lui refuse un avenir de bonheur.

« N'espère pas le bonheur. Qui es-tu, qui es-tu ? »

La parole de tante Hasna trouve un écho chez Aïni :

« Ecoute ce qu'on te dit, conseille la mère sur un ton déférent pour tante Hasna. » *(p. 87)*.

Tante Hasna n'a que mépris pour les Algériens qui ont choisi de lutter. Elle n'a rien compris. Elle est incapable de percevoir les vrais problèmes. Elle appartient à la catégorie dont parlait le vieux Ben Sari : « *Les sourds* ».

Tante Hasna ne souhaite pas pour les autres, une amélioration de leurs conditions de vie. Le pauvre Omar est objet de mépris lorsqu'il manifeste son désir de s'instruire.

MANSOURIA,
LA PETITE COUSINE

La grand-mère est malade. Il règne une atmosphère de tristesse.

«Ils étaient tous réunis autour de grand-mère, la petite cousine aussi était avec eux... La petite cousine dit ... »

La voix de Mansouria se fait entendre. Ses réflexions accentuent l'impression de détresse qui règne dans la pièce.

« Quand ils ne sont plus en état de vivre, ils le sentent. Ils comprennent tout de suite. »

« Quand ils deviennent un poids... pour les autres... Même pour eux... Ils sont un poids... Quand ils le comprennent, ça veut dire qu'ils se sont déjà mis en route. »

Les paroles de Mansouria, toutes de sagesse et d'espérance, annoncent la mort.

La conversation se poursuit sur le thème de la faim. L'heure du repas approche

« Peut-être qu'ils ont raison les gens qui mangent s'ils n'aiment pas ceux qui ne mangent pas. »

Malgré sa faim et son profond dénuement, Mansouria refuse l'invitation de Aïni.

« La petite cousine ne gémissait plus. Elle était probablement parvenue à cette seconde où la brume se dissipe tout d'un coup pour laisser briller de tous ses feux un univers tranquille. » *(p. 172)*.

L'ombre de la mort plane : celle de la grand-mère et de ceux qui tombent d'inanition.

LES HOMMES : PRESENCE ET ABSENCE

A part Hamid Saraj et Omar qui est adolescent, les hommes occupent peu de place dans le roman. L'attention de l'écrivain s'est polarisée sur Dar Sbitar, lieu essentiellement féminin.

Dans l'organisation spatiale de la société, les hommes sont au dehors, soit pour travailler, soit pour retrouver des amis.

Les hommes sont à peine décrits. On apprend seulement leur nom et leur profession.

• Ceux qui habitent Dar Sbitar :

- Moulay Ali,

« serre-freins sur les trains de marchandises. »

Peu de précisions, en fait.

- Hamid Saraj : voir chap. suivant.

• Ceux qui sont à l'extérieur :

- Le propriétaire de Dar Sbitar

« qui a horreur des enfants et de ses locataires ».

Il inspire le respect et la crainte. En face du propriétaire,

« ils se sentaient remués par le respect où les jetait une crainte sans borne. »

- Monsieur Hassan, l'instituteur qui a tenté de rétablir la vérité historique mais qui n'a pas osé aller plus loin dans les explications.

- Cherrak Ali, « *le meilleur tisserand* » et qui sombre dans l'alcool :

« Je vais encore boire puisqu'il n'y a rien à faire. »

- Le cousin Mustapha, personnage généreux, cousin de Aïni, et qui a procuré un moment d'intense bonheur à sa famille.

- Kaddour, le boulanger, avec qui Omar entretient des rapports amicaux.

- Le policier, le commissaire, représentants de l'ordre et de la répression.

- L'Espagnol Gonzalès, présenté d'une manière caricaturale comme

« un homme-bedaine avec (des) joues aussi grosses que ses fesses et (qui) lui bouffaient le visage. » *(p. 131).*

HAMID SARAJ

«On ne met pas un homme en prison parce qu'il prononce une parole juste.»

L'évènement qui mettra Hamid Saraj sur le devant de la scène est la descente de police à Dar Sbitar : la police le recherche, ce qui suscite la curiosité.

Qui est-il ?

Dans l'excitation générale et comme pour conjurer la peur, les femmes se mettent à parler, et surtout, elles se posent des questions. Même si les réponses ne sont pas évidentes, elles s'interrogent.

La première image est celle d'un homme réservé, discret :

« Cela fut considéré comme un degré poussé de bonne éducation.

La première question est posée par Zina :

« Hamid est-il un coupeur de routes ? »

Pendant la colonisation, les Algériens qui se battaient pour une cause juste étaient appelés « *les coupeurs de routes.* » (les fellaghas). Ils étaient considérés du point de vue du colonisateur comme des hors-la-loi, alors que pour nous, ce sont les glorieux combattants de la révolution algérienne.

Son portrait se précise :

« Hamid Saraj portait bien ses trente ans et, en dépit de la simplicité que lui conférait son air naïf et débonnaire, il n'était pas nécessaire d'être fin observateur pour deviner en lui un homme qui avait beaucoup vu et, comme on dit, beaucoup vécu. Son maintien était paisible et ferme, exempt toutefois de sans-gêne. Il parlait d'une voix basse, agréable, un peu traînante. Petit de taille, il était néanmoins trapu. »

Hamid Saraj suscite la curiosité des femmes qui « *allaient souvent (l')épier. Il était toujours en train de lire.* »

Le personnage est valorisé parce qu'il a accès au savoir.

« Elles riaient. Point de scepticisme cette fois. Elles riaient tout simplement parce qu'elles trouvaient bizarre qu'un homme lût des livres... Pourquoi lui seul, parmi tous les hommes qu'elles connaissaient. »

Ce personnage inspire le respect et sera investi d'un pouvoir mystérieux.

« Elles regardèrent désormais Hamid comme celui qui serait en possession d'une force inconnue. La considération dont il jouissait à leurs yeux grandit dans une proportion presque inimaginable. »

Curiosité et fascination mais aussi constat d'impuissance et d'ignorance :

« Mais si une question les préoccupait, [...] c'était de savoir pourquoi il lisait tant... »

« Nous ne comprenons pas toujours qu'est-ce-que nous sommes. Une pauvre femme, sans plus. Nous n'avons pas été instruites et préparées à connaître. »

Parallèlement aux interrogations de Aïni, Zina insiste sur le portrait de son mari. Cette insistance sur le rôle qu'il a joué apporte un éclairage sur celui de Hamid Saraj.

> « C'était pour changer la vie des pauvres gens et les rendre heureux ... Il avait des idées. »

Le mot est jeté. La pensée représente un danger pour le système colonial et pour tout système de domination, en général.

L'image de Hamid va s'imposer à Omar. D'abord, il est celui qui lui a prêté un livre à lire : « *Les montagnes et les hommes* », et qui va l'initier.

Ensuite, Omar le découvrira lors d'un meeting.

> « Et voilà que le souvenir de Hamid parlant à une très grande foule se dresse dans son esprit. Hamid disait : Pourtant, c'est simple... Soudain, il frémit : il reconnaît Hamid, au fond de la salle, qui parle, c'est lui, c'est donc Hamid. »

Hamid Saraj devient le porte-parole des gens du peuple, un éveilleur de conscience.

> « Ces hommes, dans les paroles desquels nous nous reconnaissons, nous pouvons parler, marcher avec eux. Nous pouvons aller de l'avant avec eux. »

Omar trouvera une partie des réponses aux nombreuses interrogations qui s'imposent constamment à lui.

Hamid Saraj, par son savoir, son éveil de conscience, son militantisme annonce le désir de changer les choses pour apporter plus de bien-être à son peuple.

OMAR

Omar occupe une place privilégiée dans la trilogie. Par son âge – il a 10 ans – il est en perpétuel mouvement et par son intelligence précoce, en constant questionnement.

1 - Un personnage privilégié :

On le retrouve dans la trilogie

- En milieu citadin, dans *La Grande maison*

- En milieu rural, dans *L'Incendie*

- En milieu professionnel, dans *Le Métier à tisser.*

A chacune des époques de sa vie, son expérience s'enrichit au contact de gens différents qu'il rencontre. Sa quête pour comprendre « le pourquoi » de cette grande misère qu'il voit partout, l'obsède. Omar incarne l'Algérie qui se cherche.

Omar évolue avec l'apprentissage de la vie. L'enfant en perpétuel questionnement deviendra un adolescent qui cherche à tout prix des réponses à ses inquiétudes.

2 - Omar, en perpétuel mouvement :

C'est un garçon plein de vitalité : il a dix ans.

A l'école, dans la rue, à Dar Sbitar autant de lieux qui le révèlent aux lecteurs, son comportement nous éclaire sur sa personnalité.

C'est un enfant qui a constamment faim. La quête du pain est essentielle.

3 - Tableau autour du pain.

Omar en quête de pain à l'école, parmi ses camarades : le pain est objet de convoitise, mais aussi source de violence.

Omar en quête de pain au dehors : le pain comme récompense, comme fruit d'un travail lorsqu'il aide Yamina.

Le don du pain comme source de joie : dans la scène avec veste Kaki.

Omar est un garçon très sensible. Il fait preuve d'une grande générosité...

A Dar Sbitar, espace de femmes, Omar séjourne peu. Il a un rapport conflictuel avec sa mère surtout lorsqu'il réclame à manger.

4 - Un personnage en constant questionnement.

Omar fait un constat : la misère est partout et il cherche la cause d'une telle situation.

« Alors ? Il voulait savoir le comment et le pourquoi de cette faim. C'était simple en effet. Il voulait savoir le pourquoi et le comment de ceux qui mangent et de ceux qui ne mangent pas. »

C'est un garçon intelligent, rendu précoce par le malheur. Il observe et il cherche à comprendre. Il perçoit très nettement la condition des siens. Il ne peut y être insensible. Pourtant son cas n'est pas unique. Partout il côtoie la misère.

Lorsque la guerre est annoncée, Omar est saisi de peur. Il fait nuit, il a oublié d'acheter le pain,

> « Enfin, il s'élança, dans la rue, en proie à la panique... Les femmes pleuraient et s'abordaient les yeux rouges. Et elles poursuivaient leur chemin en faisant retentir les rues de leurs sanglots. »

Omar est à l'écoute des uns et des autres. Chacun perçoit différemment l'évènement.

> « Curieusement, (il) eut la sensation d'avoir soudain grandi depuis que les cris de la sirène avaient retenti. Tout en se sachant encore un enfant, il comprenait ce que c'était que d'être un homme. »

La vie quotidienne est une expérience douloureuse et pourtant enrichissante : Omar, peu à peu, accède à l'adolescence, l'âge de toute quête.

5 - Un personnage en quête d'un père spirituel.

L'itinéraire d'Omar est jalonné de pères spirituels, dans toute la trilogie. Dans *La Grande maison*, il est fasciné par le personnage de Hamid Saraj.

Dans *L'Incendie*, Commandar, ancien combattant, l'initie à l'histoire du monde et à l'histoire de son pays.

Dans *Le Métier à tisser*, Ocacha lui apprend le respect de soi, la dignité. Il répète constamment : « *Il faut accorder aux hommes le respect qui leur est dû.* »

Un fil conducteur, dans ces trois romans : le parcours initiatique d'Omar.

- Il a très vite compris la contradiction permanente dans laquelle il vit : deux mondes différents, deux classes sociales distinctes.

- Il a conscience que l'enseignement qui lui est donné à l'école ne correspond pas à la réalité : la parole du maître exprimée en arabe le réveille brusquement.

- Il va s'identifier à Hamid Saraj : Omar est orphelin.

- Omar, peu à peu, comme bon nombre d'Algériens, accède à la lumière. Il symbolise l'Algérie, une Algérie qui se cherche ; les ruptures historiques ont entraîné « une rupture généalogique », selon l'expression d'Abdelwahab Meddeb.

- Omar symbolise l'avenir, celui d'une Algérie délivrée et son itinéraire s'inscrit dans la quête identitaire.

ANNEXES

UNE VOIX ALGERIENNE PARLE DE L'ALGERIE

Les écrivains algériens des années 1950 ont éprouvé fortement le besoin de témoigner, de s'inscrire dans la réalité de leur pays. Mouloud Mammeri, Feraoun, Dib, J. Amrouche, conscients des enjeux politiques ont donné à voir un peuple et un pays.

En période coloniale, l'Algérien n'était pas nommé ou s'il l'était, c'était d'une façon connotée, infériorisée, voire péjorative.

Dib s'en explique à plusieurs reprises :

« Une œuvre n'a de signification, de valeur que dans la mesure où elle est enracinée, où elle puise sa sève dans le pays auquel elle appartient. »

En tant qu'écrivain qui se veut : « En situation dans son temps » – pour reprendre une expression de Jean-Paul Sartre – il doit témoigner de ce qui se passe à son époque.

« Il se trouve qu'étant écrivain, c'est sur le terrain de la littérature que j'ai choisi de combattre en faisant connaître les réalités algériennes, en faisant partager par ceux qui me liront les souffrances et les espoirs de notre patrie. » [1]

« Il est incontestable, déclarait Mohammed Dib en 1958, que je traite du peuple algérien. De son réveil jusqu'à maintenant, l'Algérie n'était même pas nommée en littérature. Dépeindre un paysage, ceux qui l'habitent, les faire parler comme ils parlent, c'est leur donner une existence qui ne pourra plus être contestée. On pose le problème en posant l'homme (...) Je vis avec mon peuple. J'ignore tout du monde bourgeois. » [2]

---

1. Interview : *Afrique Action,* 13 mars 1961
2. *Témoignage chrétien,* 7 février1958

L'ÉCRIVAIN SELON DIB

« Je suis écrivain dans la mesure où j'ai quelque chose à dire. Je ne voudrais pas devenir un fabricant de livres. »[(1)]

Pour Mohammed Dib, écrire demande beaucoup de travail.

« Je travaille régulièrement d'une manière constante, soutenue... Je prépare tout d'abord mon architecture, le plan de chaque chapitre... Parallèlement, je réunis ma documentation et je prends des notes. Quand la matière est prête, je me mets devant ma table. J'ai la plume assez facile, mais mon repentir ne l'est pas moins. Généralement, je ne livre pas le premier jet. Ma prose est dense et je dois l'élaguer impitoyablement. »[(2)]

« Je recommence jusqu'à dix fois un manuscrit avant de l'envoyer à mon éditeur. »[(3)]

---

1. Interview, *L'effort algérien*, 10 décembre1952
2. ibid
3. Interview, *Témoignage chrétien*, 7 février1958

LA STRATEGIE COLONIALE SELON FRANTZ FANON

Dans « *Les damnés de la terre* », Frantz Fanon nous livre quelques réflexions sur la stratégie coloniale et ses effets négatifs.

« Quand on réfléchit aux efforts qui ont été déployés pour réaliser l'aliénation culturelle si caractéristique de l'époque coloniale, on comprend que rien n'a été fait au hasard et que le résultat global recherché par la domination coloniale était bien de convaincre les indigènes que le colonialisme devait les arracher à la nuit. Le résultat, consciemment poursuivi par le colonialisme, était d'enfoncer dans la tête des indigènes que le départ du colon signifiait pour eux retour à la barbarie, encanaillement, animalisation. Sur le plan de l'inconscient, le colonialisme ne cherchait donc pas à être perçu par l'indigène comme une mère douce et bienveillante qui protège l'enfant d'un environnement hostile, mais bien sous la forme d'une mère qui, sans cesse, empêche un enfant fondamentalement pervers de réussir son suicide, de donner libre cours à ses instincts maléfiques. La mère coloniale défend l'enfant contre lui-même, contre son moi, contre sa physiologie, sa biologie, son malheur ontologique. » (1)

1. Frantz Fanon , *Les Damnés de la terre*, 4ème partie : *Sur la culture coloniale* - p. 150

POUR UNE LECTURE CRITIQUE

Quelques extraits destinés à illustrer, à enrichir l'explication de texte appliquée au chapitre portant sur la leçon de morale dans *La Grande maison.*

• « Jusqu'en 1840, presque rien ne fut fait en Algérie, pour l'instruction des indigènes.

- En 1851 s'ouvrit à Alger la première école arabe française. Quelques autres suivirent, mal installées, n'ayant pour tout matériel que des nattes et un tableau noir...

Au bout d'un demi-siècle d'occupation, les deux sociétés voisines, française et indigène, continuaient à s'ignorer. Tout les séparait, les mœurs, la religion, la langue et les souvenirs de la conquête...

Il y a aujourd'hui 70 000 écoliers et 15 000 écolières dans les écoles d'indigènes de l'Algérie.

En 1917, en pleine guerre, le gouvernement général Lutaud proclamait que l'école avait admirablement préparé les indigènes au grand devoir patriotique qu'ils remplissaient avec vaillance, sur le front...

La masse se met à parler français et se mêle plus aisément à la population française. Trois ou quatre cent mille indigènes travaillent dans les fermes, les chantiers, les ateliers européens d'Algérie. Cent mille sont en France, embauchés dans les usines. L'enseignement des indigènes, en répandant les idées françaises, n'a inquiété aucune conscience. Il rapproche les races, il prépare un avenir de collaboration étroite et féconde. » [1]

• « Napoléon III s'intéresse beaucoup à l'Algérie. La Kabylie est conquise et l'Algérie devient entièrement française.

Alors, Français et Arabes travaillent ensemble à construire des routes, des chemins de fer, des ports, des villes et des villages nouveaux. Grâce au docteur Maillot, le paludisme est guéri par la quinine.

La plaine de la Mitidja, en 1830, n'est qu'un immense marécage infesté par des nuées de moustiques.

Les voyageurs qui traversent ce pays malsain se mettent un linge sur le visage pour ne pas respirer cet air empoisonné.

Dans les montagnes voisines, il y a des bêtes féroces, des lions et des panthères : c'est là que Boufarik est fondée.

Les colons meurent par milliers. Mais les survivants parviennent, par leur courage et leur travail à assainir la plaine.

---

1. Extrait d'un livre d'histoire de l'Algérie, du temps de la colonisation. Auteurs : Bernard et Redon. p. 118.

Ils plantent de la vigne et des oranges. Aujourd'hui, c'est une belle et fertile région. Honneur aux premiers colons »!

Ces textes sont une illustration du discours colonial et montrent comment l'histoire était enseignée aux Algériens vers les années 1950 (1945, les événements de Sétif).

L'auteur de ce deuxième extrait est modéré... (1)

---

1. Extrait d'un livre d'histoire au programme des écoles en Algérie au temps de la colonisation dont les auteurs sont - Bonnefin et Marchand

LE COLONIALISME SELON JEAN AMROUCHE

La poésie algérienne engagée participe à l'éveil de la conscience nationale. Jean Amrouche dénonce la politique coloniale.

Le combat algérien.

A l'homme le plus pauvre
A celui qui va demi nu sous le sol dans le vent
La pluie ou la neige
A celui qui depuis sa naissance n'a jamais eu le ventre plein
On ne peut cependant lui ôter ni son nom
Ni la chanson de sa langue natale
Ni ses souvenirs ni ses rêves
On ne peut l'arracher à la patrie ni lui arracher sa patrie
Pauvre affamé nu il est riche malgré tout de son nom d'une
Patrie terrestre son domaine
Et d'un trésor de fables et d'images que la langue des aïeux
Porte en son flux comme un fleuve porte la vie.
Aux Algériens on a tout pris

La patrie avec le nom
Le langage avec les divines sentences
De sagesse qui règlent la marche de l'homme
Depuis le berceau
Jusqu'à la tombe
La terre avec les blés les sources avec les jardins
Le pain de bouche et le pain de l'âme
L'honneur
La grâce de vivre enfant de Dieu frère des hommes
Sous le soleil dans le vent la pluie et la neige.
On a jeté les Algériens hors de toute patrie humaine
On les a faits orphelins
On les a faits prisonniers d'un présent sans mémoire
Et sans avenir
Les exilant parmi leurs tombes de la terre
Des ancêtres de leur histoire de leur langage et de la liberté.
Ainsi
Réduits à merci
Courbés dans la cendre sous le gant du maître
Colonial
Il semblait à ce dernier que son dessein allait s'accomplir
Que l'Algérien en avait oublié son nom son langage
Et l'antique souche humaine qui reverdissait libre
Sous le soleil dans le vent la pluie et la neige
En lui.

Mais on peut affamer les corps.
On peut battre les volontés
Mater la fierté la plus dure sur l'enclume du mépris
On ne peut assécher les sources profondes où l'âme
Orpheline par mille radicelles invisibles suce le
Lait de la liberté.

On avait prononcé les plus hautes paroles de fraternité
On avait fait les plus saintes promesses
Algériennes, disait-on, à défaut d'une patrie naturelle perdue
Voici la patrie la plus belle la France
Chevelue de forêts profondes hérissée de cheminées d'usines
Lourde de gloire de travaux et de villes de sanctuaires
Toute dorée de moissons immenses ondulant au vent de
L'histoire comme la mer
Algériens, disait-on, acceptez le plus royal des dons, ce Langage
Le plus doux le plus limpide et le plus juste vêtement de
L'esprit.
Mais on leur a pris la patrie de leurs pères
On ne les a pas reçus à la table de la France
Longue fut l'épreuve du mensonge et de la promesse
Non tenue

D'une espérance inassouvie
Longue amère
Trempée dans les sueurs de l'attente déçue
Dans l'enfer de la parole trahie
Dans le sang des révoltes écrasées
Comme vendanges d'hommes.
Alors vint une grande saison de l'histoire
Portant dans ses flancs une cargaison d'enfants
Indomptés
Qui parleront un nouveau langage
Et le tonnerre d'une fureur sacrée :
On ne nous trahira plus
On ne nous mentira plus
On ne nous fera pas prendre des vessies peintes
De bleu, de blanc et de rouge
Pour les lanternes de la liberté
Nous voulons habiter notre nom
Vivre ou mourir sur notre terre mère
Nous ne voulons pas d'une patrie marâtre
Et des riches reliefs de ses festins

Nous voulons la patrie de nos pères
La langue de nos pères
La mélodie de nos songes et de nos chants
Sur nos berceaux et sur nos tombes

Nous ne voulons plus errer en exil
Dans le présent sans mémoire et sans avenir
Ici et maintenant
Nous voulons
Libres à jamais sous le soleil dans le vent
La pluie ou la neige
Notre patrie : l'Algérie.

DU ROMAN AU FEUILLETON TELEVISE

En 1975, *La Grande maison* et *L'Incendie* sont adaptés pour la télévision par Mustapha Badie. L'accueil du public désigne le feuilleton comme un succès éclatant.

Voici ce qu'écrivait un journaliste de l'hebdomadaire « Algérie actualité ».

La rencontre heureuse de deux écritures

« L'Incendie » - puisque tel est l'intitulé du feuilleton télévisé qui renvoie plus à la symbolique de ce terme qu'il ne se réfère à l'œuvre de Dib qui porte ce titre – c'est la rencontre heureuse de deux sensibilités, de deux écritures, et si nous devions plus encore approfondir en énumérant les raisons d'un « mariage » aussi réussi jusqu'ici, nous invoquerions la conjugaison de trois facteurs principaux : le choix d'œuvres aussi signifiantes que « La Grande maison » et « L'Incendie » ; l'intelligence de l'adaptation ; la maîtrise de l'écriture cinématographique par une recréation dynamisée et artistique du monde enfanté par Mohammed Dib.

Le choix des œuvres :

Mohammed Dib, qui se voulait une sorte de Balzac algérien à ses débuts, estimait alors que l'essentiel du roman était d'accepter de porter un univers entier dans un lent déroulement temporel, car c'est un « monde, (une) totalité qu'un écrivain doit avoir l'ambition de créer », énonça-t-il un jour. Dans cette optique est né ce qu'on a appelé son « triptyque Algérie », « La Grande maison » (1952), ou l'enfance prolétarienne, « L'Incendie » (1954), ou l'éveil des paysans, et enfin « Le Métier à tisser » (1957), ou la dure condition des artisans.

Cette trilogie conçue comme un vaste panorama social et une histoire de la vie quotidienne, représente plus que l'appréhension d'une réalité dans sa compatibilité évènementielle quotidienne, plus que la photographie banale de la vie ou la saisie de personnages brûlants d'humanité, confrontés aux exigences matérielles de leur survie, mais par-dessus tout l'expression de la mathématique d'un destin, la restitution d'un monde cohérent et intelligible qui est celui de la conscience algérienne au moment où l'on contestait la personnalité d'un peuple, l'identité d'une culture et d'une nation. Lien privilégié entre les parties de cette trilogie, le personnage du jeune Omar, mémoire visuelle et auditive qui observe et enregistre les palpitations et vibrations du monde qui l'entoure, conscience en friche que prolonge la mémoire du narrateur, voix qui sourd du tissu collectif, qui commente et explicite le discours d'une réalité où l'exploitation, l'injustice et la misère ne résultent pas d'une quelconque fatalité, mais dérivent des fondements mêmes de l'idéologie colonialiste. Le message devient alors clair : il ne peut y avoir de liberté que dans l'action, et ce sont des milliers, des millions d'Omar formés à la dure existence de la société coloniale qui porteront la flamme de la libération future. »

Kemal BENDIMERED
In *Algérie actualité*
n° 475 - novembre 1974

HOMMAGES POSTHUMES

Parmi les écrivains algériens de langue française, Mohammed Dib est celui dont la production est la plus abondante.

Après sa mort, la presse a célébré cet homme. Les titres des articles sont révélateurs :

El Watan, sous la plume d'Amine Khaled, titre : « Le dernier des géants. » Dans *La Dépêche de Kabylie*, Aïssa Khelladi parlera d'un « homme libre. » Farida Belkhiri, dans *la Tribune*, s'interroge : « Que reste-t-il des pouvoirs du roi Dib ? »

Dans *Le Matin*, Rachid Mokhtari choisit un titre significatif : « La terre littéraire », marquant ainsi l'ancrage profond à la terre.

Autant de titres, autant de significations : « L'éternel présent », « l'écrivain de l'exil »...

C'est Latifa Benmansour, écrivaine de grand talent et de grande culture qui lui consacrera l'article le plus authentique. « Il avait la politesse et la discrétion des grands qui ont tout vu et sont revenus de l'espèce humaine. Il regardait avec le plus grand des mépris certains natifs de Tlemcen qui pensaient être arrivés et se pavanaient avec leurs titres, leurs postes, leurs maisons cossues et leurs richesses. « Ils comblent le vide, leur vide, disait-il. « Ils ont oublié d'où ils sortent. » Nous avons ceci en commun, c'est qu'au lieu d'aller balayer chez les autres, nous préférons balayer chez nous. Nous transformer et ensuite donner l'exemple aux autres. Le prix à payer fut très lourd, car l'ethnicité, l'esprit de clan et le racisme ne sont pas nos marques, surtout lorsqu'on se prétend clerc ou intellectuel. »[1]

---

(1) Quotidien *Le Matin,* 6 mai 2003

LA FONDATION MOHAMMED DIB

Le 23 janvier 2001 naît à Tlemcen la Fondation Mohammed DIB dont le siège se trouve en plein centre-ville, dans le Méchouar, un site qui remonte à l'époque du royaume zianide. Elle est présidée par Mme Sabéha Benmansour, professeur à l'Université de Tlemcen. Dans le message que l'écrivain adresse, le 2 mai 2001, aux intellectuels, universitaires, journalistes et écrivains qui ont voulu ainsi lui rendre hommage, on lit notamment : « *Je suis encore plus fier de ma ville de Tlemcen, qu'elle n'est fière de moi et lui souhaite de sauvegarder intacte la réputation qui fait sa fierté* ».

La Fondation organise ses premières manifestations officielles les 24 et 25 octobre de la même année, malheureusement en l'absence de Mohammed Dib, empêché par la maladie. Elle décerne chaque année un prix littéraire pour récompenser la meilleure nouvelle. Le jury a couronné, pour l'année 2003, le recueil de Habib Ayyoub, « C'était la guerre »(Editions Barzakh).

OUVRAGES CONSULTÉS

- Tahar Djaout, « La littérature algérienne de combat. », (*El Moudjahid*, 30 octobre 1979).

- Jean Déjeux, « Mohammed Dib ou l'exil intérieur ».

- Nadjet Belkaïd-Khadda, « Structuration du discours dans l'œuvre romanesque de Mohammed Dib », Thèse de doctorat de 3ème cycle. Janvier 1978.

Cette étude a été réalisée d'après la version publiée par Les Editions du Seuil en 1954.

SUJETS DE RÉFLEXION

« On ne peut donner une âme à une œuvre en langue étrangère que si l'on a des références culturelles profondes... On ne peut donner une âme à une langue si elle est déjà un instrument d'aliénation ».[1]

« La violence est la défection de la parole. »[1]

« Nos écrivains les plus puissants sont ceux qui n'ont pas écrit en français comme les Français, mais dans une langue qui se trouve être le français comme seuls les Algériens pouvaient le faire ».[1]

Dans La Grande maison, les femmes sont exclues du champ politique. Dib s'explique sur cette absence des femmes : « Si le problème essentiel pour l'écrivain est d'aller au fond des choses, celui de camper des personnages féminins en est un autre... Les femmes algériennes ne tiennent pas actuellement dans la société la place

---

1. *Déchirures* – Nabile Farès in"Esprit", janvier 1995.

qui leur revient ; elles ne peuvent donc pas l'occuper dans le roman ». [1]

« La pauvreté... L'état de pauvreté instaure la condition de l'orphelin et l'interruption généalogique. C'est en cela que tout pauvre se trouve forclos du champ de la culture et qu'il a à être dans le commencement, sans trace, ni héritage, ni nom, ni généalogie, bref être « le premier homme s'il a le désir de s'introduire dans ce domaine réservé ».[2]

« Le mythe de l'origine unique des langues et celui de la supériorité d'une langue sur les autres sont donc porteurs d'arguments idéologiques propres à alimenter le conflit idéologique.» [3]

---

(1) Mohammed Dib
(2) Abdelwahab Meddeb : *L'interruption généalogique.* In Revue "Esprit", janvier 1995.
(3) Louis-Jean Calvet, *La guerre des langues et les politiques linguistiques.*

THÈMES DE RÉFLEXION

- Le monde colonial
- L'enfance d'Omar
- L'organisation spatiale dans *La Grande maison*
- L'éveil de la conscience nationale
- Poésie et vérité dans *La Grande maison*

Cet ouvrage a été réalisé par

CASBAH
Editions

Lot. Saïd Hamdine, Hydra, 16012, Alger - Algérie
Tél. : 021 54 79 10 / 54 79 11 Fax : 021 54 72 77

site web : www.casbaheditions.net
email : casbah@casbaheditions.net

Algérie, 2006.